名家公开课美绘版

七子之歌

闻一多 著

中国致公出版社 · 北京

图书在版编目（CIP）数据

七子之歌：名家公开课美绘版 / 闻一多著. -- 北京：中国致公出版社，2024.8
（成长读书课）
ISBN 978-7-5145-2202-0

Ⅰ . ①七… Ⅱ . ①闻… Ⅲ. ①诗集 – 中国 – 现代
Ⅳ. ①I226

中国国家版本馆CIP数据核字(2023)第232513号

七子之歌：名家公开课美绘版 / 闻一多 著
QIZI ZHIGE:MINGJIA GONGKAIKE MEI-HUI BAN

出　　版	中国致公出版社	
	（北京市朝阳区八里庄西里100号住邦2000大厦1号楼西区21层）	
出　　品	湖北知音动漫有限公司	
	（武汉市东湖路179号）	
发　　行	中国致公出版社（010-66121708）	
作品企划	知音动漫图书·文艺坊	
责任编辑	贺长虹　雷　琛	
责任校对	魏志军	
装帧设计	王　钰	
责任印制	翟锡麟	
印　　刷	武汉精一佳印刷有限公司	
版　　次	2024年8月第1版	
印　　次	2024年8月第1版第1次印刷	
开　　本	875mm×700mm　1/16	
印　　张	10.25	
字　　数	82千字	
书　　号	ISBN 978-7-5145-2202-0	
定　　价	29.80元	

成长读书课
专家编委会

钱理群 北京大学中文系教授、清华大学中文系兼职教授，中国现代文学研究会副会长。主编多卷丛书《新语文读本》，长期关注中国教育问题，对中小学语文教育有精深的研究。

陈思和 著名文学评论家。复旦大学人文学院副院长、复旦大学图书馆馆长、上海作协副主席。主编《中国当代文学史教程》，荣获全国普通高校教材一等奖。

王先霈 华中师范大学文学院教授、鄂教版小学、初中语文教材主编。

孙绍振 福建师范大学文学院教授、北师大版初中语文教材主编。

格　非 著名作家，清华大学中文系教授。茅盾文学奖获得者。

徐　鲁 著名儿童文学作家，中国图书奖、国家图书奖、冰心儿童图书奖获得者。

名师讲读团

张小华 陈盛 陈维贤 曹玉明 韩玉荣
黄羽西 李智 李玲玉 李旭东 刘宏业
罗爱娥 饶永香 王耿 王静 王林
王娟 汪荣辉 万咏英 游昕 姚佩琅
曾李 张天杨

复旦附中、华师一附中、湖南师大附中、北师大附小、华中师大附小、武汉小学……
多所中小学名校，一线特级教师、教研员倾情导读，音频精讲。
百万师生课堂内外共读之书。

"整本书阅读"课程设计

> 请配合本书二维码一起使用

难　　度　★★★☆☆（五年级上）

阅读计划　30分钟/天，共7~10天

阅读指导　当你也想用文本营造一种氛围、表达某种情感时，你是否也能像诗人闻一多那样，列举一些意象、生发更多想象呢？这本诗选音节铿锵，词句绚丽精致，同时又能让人从中感到一股扑面而来的沉重、悲愤和期许。你可以将那些新鲜的词语、生动的诗句抄写下来，细细体会诗人铿锵的生命之音和激昂的命运旋律。

名师精讲　《闻一多诗的"炼字"》

写作＆思考　闻一多注重意象的锤炼，也注重文字的锤炼。他的诗选字用语特别讲究，遣词造句也极富表现力。请你仔细思考：这些细节之处的锤炼，对表达思想感情有哪些好处？

激昂的战鼓，锈绿的洪钟

——闻一多与他的诗

一个世纪伟人的铜的、石的、全身的、半身的雕像，在清华大学风光绮丽的荷塘畔，在武汉大学珞珈山樱园，在具有光荣传统的云南师范大学校园里，相继耸立起来。

人们用各种方式缅怀这个人物，他就是闻一多。

闻一多何许人也？

他集诗人、学者、斗士于一身，是中国近现代社会转型期的一个文化奇迹。

他是格律诗派和新月诗派不争的领袖，主张新诗创作应具有"音乐的美（音节）、绘画的美（辞藻）、建筑的美（节的匀称和句的均齐）"。

他的诗歌创作，几乎都带有强烈的民族意识和民族气质，可以说，爱国主义是他全部诗作的最主要的母题。

他早期的诗歌受西方民主思潮的影响，对未来抱有较为乐观的幻想。诗人虽然认为在现实世界中寻不到"真""善""美"以及"光明"，但他并没有绝望。透过无垠的雾幕，诗人隐约地看到了彼岸，那里如一座戴着满头花草的小岛，优美、静谧、金光灿烂。这一时期他还有许多以奇异的幻想去描绘光明世界的诗作。在《时间底教训》中，他要尽可能地多创造快乐去"填满时间"，于广泛的太空中赞美生命，于渺茫的世界中寻求光明。在《快乐》中，他要快乐与自己的灵魂接吻，世界变成了"天堂"。在《青春》中，他揩干了冰冷的泪，期待着那使万物诞生的青春的到来。这些诗以一种乐观的浪漫主义手法，构造出一个美丽奇幻的理想世界，洋溢着诗人对人生和未来充满信心的轻快情调。

留美归国后，闻一多眼前的是惨烈的战争和民生凋敝的残酷现实。这与他在国外怀念的那"庄严灿烂"，那"如花"祖国有天壤之别。眼见本该安居乐业的农民因逃避战祸而背井离乡，渔网"在灰堆里烂"，镰刀也"锈着快锈成了泥"，诗人为农民的苦难忧虑、呼号，进而他意识到，只有选择自我牺牲才能唤醒沉睡在黑暗中的人们。他在《寄怀实秋》中写道："可要借给我点燃我的残烛，好在这阴城里面，为我照出一条道路。烛又点燃了，那时我便作个自然的流萤，在深更底风露里，还可以逍遥流荡着，直到黎明！"诗人以烛火、流萤自喻，企图点燃自己的同时去创造光明和温暖，不屈服于黑暗社会的压抑，最终为正义与自由奉献生命。

　　愤慨于"国疆崩丧，积日既久，国人视之漠然"的状况，诗人在《七子之歌》组诗中，以深厚、炽热、焦灼的感情，用拟人化的手法把帝国主义侵占的中国七块领土——澳门、香港岛、台湾、威海卫、广州湾、九龙、旅顺大连，比作与祖国母亲失散的七个儿子，连续七次深情地呼唤：母亲！我要回来，母亲！

　　读他的诗，你除了会被他深沉浓烈的情感所淹没、感动，还会沉迷于他为我们创造的恣意昂扬、精妙繁复的意象空间之中。他的想象天马行空，他是营造意象的高手。

　　在《死水》这首诗中，诗人并不直接描写"死水"的外在形态，而是以创造的想象力去重新选择、组成新的意象——"破铜烂铁""油渍""铁锈""霉菌""白沫"等一系列意象构成了一幅令人作呕的画面，但诗人将它们与美丽巧妙混搭，"破铜"变成了"翡翠"，"铁罐"要绣上"桃花"，"油渍"要披上彩色"罗绮"……这一沟"死水"居然显露出"鲜明"的色彩！通过这样鲜明的对比，更加突出了丑恶的可怖和令人绝望。

　　《夜歌》里的"癞蛤蟆""月色""荒鸡""妇人"共同组成了夜的朦胧、阴森、神秘；

　　《口供》中的"青松""高山""苦茶""苍蝇"，含蓄地表达了理想与现实的对冲；

而在《洗衣歌》中，诗人直接从现实生活中取"象"，用"湿手帕""黑汗衣""家里一切的脏东西"委婉地表达出诗人对生活贫困的下层人民命运的思考。

他是激昂的战鼓，也是锈绿的洪钟。"诗人应该是一张留声机的片子，钢针一碰着他就响。他自己不能决定什么时候响，什么时候不响。他完全是被动的。他是不能自主，不能自救的。诗人做到了这个地步，便包罗万有，与宇宙契合了。"

这本诗选，音节铿锵，词句绚丽精致，读起来朗朗上口，新颖别致；若你再细细斟酌，仔细品味，又能从中感到一股扑面而来的沉重、悲愤和期许，那便是诗人铿锵的生命之音和激昂的命运旋律。你可以将那些新鲜的词语、生动的诗句抄写下来，当你也想营造一种氛围、表达某种情感时，你是否也能像诗人那样，列举一些意象、生发更多想象呢？每天花半小时研读，坚持一周左右，相信你一定会有所收获！

目 录

群花披起五光十色的绣裳

我的心鸟停了他的春歌

花儿开过了，果子结完了

你指着太阳起誓

群花披起
　五光十色的绣裳

雪 片 *

一个雪片离开了青天底时候，

他飘来飘去地讲"再见！

再见，亲爱的云，你这样冷淡！"

然后轻轻地向前迈往。

一个雪片寻着了一株树底时候，

"你好！"他说——"你可平安！

你这样的赤裸与孤单，亲爱的，

我要休息，并且叫我的同伴都来。"

---

* 闻一多是当代著名诗人、学者、民主斗士，其行文习惯和用词可能与当下的规范不一致，为尊重作者的语言特色，本书不作改动。

但是一个雪片，勇敢而且和蔼，

歇在一个佳人底蔷薇颊上底时候，

他吃了一惊，"好温柔的天气呀！

这是夏季？"——他就融化了。

朝 日

夜已将他的黑幕卷起了，

世界还被酣梦羁绊着咧；

勤苦的太阳像一家底主人翁，

先起来了，披着他的绣裳，

偷偷地走到各个窗子前来，

喊他的睡觉的骄儿起来做工。

啊！这样寂静灵幻的睡容，

他哪里敢惊动呢？

他不敢惊动，只望着他笑，

但他的笑散出热炙的光芒，

注射到他睡觉的脸上，

却惊动了他的灵魂，摆脱了他的酣梦，——

睡觉的起来了！

所 见

小河从槎丫的乱石缝里溜出来，

声音虽不大，却还带点瀑布底意味。

在他身上横卧着，是一株老柳，

从他的干上直竖地射出无数的小枝；

他仍想找点阳光，却被头上的密荫拦住了，

所以那一丛绿叶，都变了死白的颜色。

野藤在这一架天然的木桥下，

挂起了一束鬅松的鬓丝，

被瀑布底呼吸吹得悠悠摇动。

谁家洗衣的女儿，穿着绯红的衫子，

蹲在绿荫深处，打得砰訇砰訇的响？

青 春

青春像只唱着歌的鸟儿，
已从残冬窟里闯出来，
驶入宝蓝的穹窿里去了。

神秘的生命，
在绿嫩的树皮里膨胀着，
快要送出带鞘子的，
翡翠的芽儿来了。

诗人呵！揩干你的冰泪，
快预备着你的歌儿，
也赞美你的苏生罢！

宇 宙

宇宙是个监狱，

但是个模范监狱；

他的目的在革新，

并不在惩旧。

快 乐

快乐好比生机：

生机底消息传到绮甸，

群花便立刻

披起五光十色的绣裳。

快乐跟我的

灵魂接了吻，我的世界

忽变成天堂，

住满了柔艳的安琪儿！

回 顾

九年底清华底生活，

回头一看——

是秋夜里一片沙漠，

却露着一颗萤火，

越望越光明，

四围是迷茫莫测的凄凉黑暗。

这是红惨绿娇的暮春时节：

如今到了荷池——

寂静底重量正压着池水

连面皮也皱不动——

一片死静！

忽地里静灵退了，

镜子碎了，

个个都喘气了。

看！太阳底笑焰——一道金光，

滤过树缝，洒在我额上；

如今羲和替我加冕了，

我是全宇宙底王！

国 手

爱人啊！你是个国手

我们来下一盘棋；

我的目的不是要赢你，

但只求输给你——

将我的灵和肉

输得干干净净！

春 寒

春啊！

正似美人一般，

无妨瘦一点儿！

春 之 首 章

浴人灵魂的雨过了：
薄泥到处啮人底鞋底。
凉飔挟着湿润的土气
在鼻蕊间正冲突着。

金鱼儿今天许不大怕冷了？
个个都敢于浮上来呢！

东风苦劝执拗的蒲根，
将才睡醒的芽儿放了出来。
春雨过了，芽儿刚抽到寸长，
又被池水偷着吞去了。

亭子角上几根瘦硬的，

还没赶上春的榆枝，

印在鱼鳞似的天上；

像一页淡蓝的朵云笺，

上面涂了些僧怀素底

铁画银钩的草书。

丁香枝上豆大的蓓蕾，

包满了包不住的生意，

呆呆地望着辽阔的天宇，

盘算他明日底荣华——

仿佛一个出神的诗人

在空中编织未成的诗句。

春啊！明显的秘密哟！

神圣的魔术哟！

啊！我忘了我自己，春啊！

我要提起我全身底力气，

在你那绝妙的文章上

加进这丑笨的一句哟！

春之末章

被风惹恼了的粉蝶,

试了好几处底枝头,

总抱不大稳,率性就舍开,

忽地不知飞向那里去了。

啊!大哲底梦身啊!

了无粘滞的达观者哟!

太轻狂了哦!杨花!

依然吩咐两丝粘住罢。

娇绿的坦张的荷钱啊!

不息地仰面朝上帝望着,

一心地默祷并且赞美他——

只要这样，总是这样，

开花结实底日子便快了。

一气的酣绿里忽露出

一角汉纹式的小红桥，

真红得快叫出来了！

小孩儿们也太好玩了啊！

镇日里蓝的白的衫子

骑满竹青石栏上垂钓。

他们的笑声有时竟脆得像

坍碎了一座琉璃宝塔一般。

小孩们总是这样好玩呢！

绿纱窗里筛出的琴声，

又是画家脑子里经营着的

一帧美人春睡图：

细熨的柔情，娇羞的倦致，

这般如此，忽即忽离，

啊！迷魂的律吕啊！

音乐家啊！垂钓的小孩啊！

我读完这春之宝笈底末章，

就交给你们永远管领着罢！

学习任务群

《春之首章》《春之末章》
为我们展现了一个富有童趣的、
天真的春天。这与你读过的有关
春天的诗有哪些不一样的地方？

钟 声

钟声报得这样急——

时间之海底记水标哦!

是记涨呢，还是记落呢! ——

是报过去底添长呢?

还是报未来底消缩呢?

爱之神
——题画

啊！这么俊的一副眼睛——

两潭渊默的清波！

可怜孱弱的游泳者哟！

我告诉你回头就是岸了！

啊！那潭岸上的一带榛薮，

好分明的黛眉啊！

那鼻子，金字塔式的小丘，

恐怕就是情人底茔墓罢？

那里，不是两扇朱扉吗？

红得像樱桃一样，

扉内还露着编贝底屏风。

这里又不知安了什么陷阱！

啊！莫非是绮甸之乐园？

还是美底家宅，爱底祭坛？

呸！不是，都不是哦！

是死魔盘踞着的一座迷宫！

忏 悔

啊！浪漫的生活啊！

是写在水面上的个"爱"字，

一壁写着，一壁没了；

白搅动些痛苦底波轮。

黄 鸟

哦！森林的养子，

太空的血胤

不知名的野鸟儿啊！

黑缎底头帕，

蜜黄的羽衣，

镶着赤铜底喙爪——

啊！一只鲜明的火镞，

那样癫狂地射放，

射翻了肃静的天宇哦！

像一块雕镂的水晶，

艺术纵未完成，

却永映着上天底光彩——
这样便是他吐出的
那阕雅健的音乐呀！
啊！希腊式的雅健！

野心的鸟儿啊！
我知道你喉咙里的
太丰富的歌儿
快要噎死你了：
但是从容些吐着！
吐出那水晶的谐音，
造成艺术之宫，
让一个失路的灵魂
早安了家罢！

艺 术 底 忠 臣

无数的人臣，仿佛珍珠
钻在艺术之王底龙衮上，
一心同赞御容底光采；
其中只有济慈一个人
是群龙拱抱的一颗火珠，
光芒赛过一切的珠子。

诗人底诗人啊！
满朝底冠盖只算得
些艺术底名臣，
只有你一人是个忠臣。
"美即是真，真即美。"
我知道你那栋梁之材，

是单给这个真命天子用的；

别的分疆割据，属国偏安，

那里配得起你哟！

啊！"鞠躬尽瘁，死而后已"；

真个做了艺术底殉身者！

忠烈的亡魂啊！

你的名字没写在水上*，

但铸在圣朝底宝鼎上了！

红荷之魂·有序

　　盆莲饮雨初放，折了几枝，供在案头，又听侄辈读周茂叔底《爱莲说》，便不得不联想及于三千里外《荷花池畔》底诗人。赋此寄呈实秋，兼上景超及其他在西山的诸友。

太华玉井底神裔啊！

不必在污泥里久恋了。

这玉胆瓶里的寒浆有些冽骨吗？

那原是没有堕世的山泉哪！

高贤底文章啊！雏凤底律吕啊！

往古来今竟携了手来谀媚着你。

来罢！听听这蜜甜的赞美诗罢！

抱霞摇玉的仙花呀！

看着你的躯体，

我怎不想到你的灵魂？

灵魂啊！到底又是谁呢？

是千叶宝座上的如来，

还是丈余红瓣中的太乙呢？

是五老峰前的诗人，

还是洞庭湖畔的骚客呢？

红荷底魂啊！

爱美的诗人啊！

便稍许艳一点儿，

还不失为"君子"。

看那颗颗袒张的荷钱啊！

可敬的——向上底虔诚，

可爱的——圆满底个性。

花魂啊！佑他们充分地发育罢！

花魂啊，

须提防着，

不要让菱芡藻荇底势力

蚕食了泽国底版图。

花魂啊！

要将崎岖的动底烟波，

织成灿烂的静底绣锦。

然后，

高蹈的鸬鹚啊！

热情的鸳鸯啊！

水国烟乡底顾客们啊！……

只欢迎你们来

逍遥着，偃卧着；

因为你们知道了

你们的义务。

别 后

啊！那不速的香吻，

没关心的柔词……

啊！热情献来的一切的贽礼，

当时都大意地抛弃了，

于今却变作记忆底干粮，

来充这旅途底饥饿。

可是，有时同样的馈仪，

当时珍重地接待了，抚宠了；

反在记忆之领土里

刻下了生憎惹厌的痕迹。

啊！谁道不是变幻呢？

顷刻之间，热情与冷淡，

已经百度底乘除了。

谁道不是矛盾呢？

一般的香吻，一样的柔词，

才冷僵了骨髓，

又烧焦了纤维。

恶作剧的疟魔呀！

到底是谁遣你来的？

你在这一隙驹光之间，

竟教我更迭地

作了冰炭底化身！

恶作剧的疟魔哟！

收 回

那一天只要命运肯放我们走！
不要怕；虽然得走过一个黑洞，
你大胆的走；让我掇着你的手；
也不用问那里来的一阵阴风。

只记住了我今天的话，留心那
一掬温存，几朵吻，留心那几炷笑，
都给拾起来，没有差；——记住我的话，
拾起来，还有珊瑚色的一串心跳。

可怜今天苦了你——心渴望着心——
那时候该让你拾，拾一个痛快，
拾起我们今天损失了的黄金。

那斑斓的残瓣，都是我们的爱，

拾起来，戴上。

      你戴着爱的圆光，

我们再走，管他是地狱，是天堂！

我的心鸟
　　停了他的春歌

雨 夜

几朵浮云，仗着雷雨底势力，
把一天底星月都扫尽了。
一阵狂风还喊来要捉那软弱的树枝，
树枝拼命地扭来扭去，
但是无法躲避风底爪子。

凶狠的风声，悲酸的雨声——
我一壁听着，一壁想着；
假使梦这时要来找我，
我定要永远拉着他，不放他走；
还剜出我的心来送他作贽礼，
他要收我作个莫逆的朋友。
风声还在树里呻吟着，

泪痕满面的曙天白得可怕，

我的梦依然没有做成。

哦！原来真的已被我厌恶了，

假的就没他自身的尊严吗？

睡 者

灯儿灭了，人儿在床；

月儿底银潮

沥过了叶缝，冲进了洞窗，

射到睡觉的双靥上，

跟他亲了嘴儿又偎脸，

便洗净一切感情底表象，

只剩下了如梦幻的天真，

笼在那连耳目口鼻

都分不清的玉影上。

啊！这才是人底真色相！

这才是自然底真创造！

自然只此一副模型；

铸了月面，又铸人面。

哦！但是我爱这睡觉的人，

他醒了我又怕他呢！

我越看这可爱的睡容，

想起那醒容，越发可怕。

啊！让我睡了，躲脱他的醒罢！

可是瞇睡像只秋燕，

在我眼帘前掠了一周，

忽地翻身飞去了，

不知几时才能得回来呢？

月儿，将银潮密密地酌着！

睡觉的，撑开枯肠深深地喝着！

快酌，快喝！喝着，睡着！

莫又醒了，切莫醒了！

但是还响点擂着，鼾雷！

我只爱听这自然底壮美底回音，

他警告我这时候

那人心宫底禁阆大开，

上帝在里头登极了！

忠 告

人说："月儿，你圆似弹丸，缺似

　　　弓弦；圆时虽美，缺的难看！"

我说："月儿，圆缺是你的常事，

　　　你别存美丑底观念！

　　　你缺到半规，缺到娥眉，我还

　　　　　是爱你那清光灿烂；

　　　但是你若怕丑，躲在黑云里，

　　　　　不肯露面，

　　　我看不见你，便疑你像龟鼍底

　　　　　甲，蟾蜍底衣，夜叉底脸。"

率 真

莺儿，你唱得这样高兴，

你知道树下靠着一个人是为什么的吗？

鸦儿，你也唱得这样高兴，

你不曾听见诅骂底声音吗？

好鸟儿！我想你们只知有了歌儿，就该唱，

什么赞美，什么诅骂，你们怎能管得着？

咦！鹦哥，鸟族底不肖之子，

忘了自己的歌儿学人语。

若是天下鸟儿都似你，

世界上哪里去找音乐呢？

伤 心

风儿歇了，

柳条儿舞倦了，

雀儿底嗓子叫干了，

春底力也竭了。

肥了绿的，

瘦了红的；

好容易穿透了花丛，

才找出一个恋春的孤客。

拉着他的枝儿，

细细地总看不足，

忽地里把他放了，

弹得一阵残红纷纷……

快放下你的眼帘！

这样惨的象如何看得？

唉！气不完，又哭不出，

只咬着指尖儿默默地想着，——

你又何必这样呢？

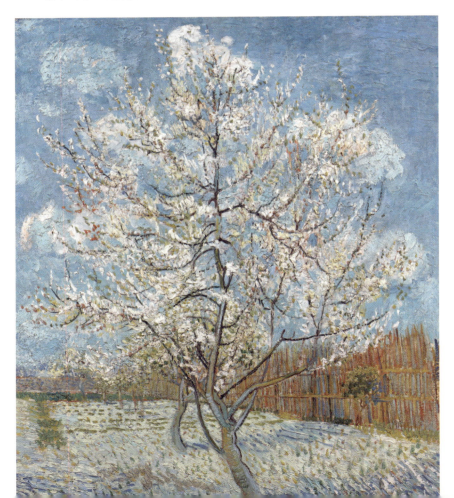

黄 昏

太阳辛苦了一天，

赚得一个平安的黄昏，

喜得满面通红，

一气直往山洼里狂奔。

黑暗 好比无声的雨丝，

慢慢往世界上飘洒……

贪睡的合欢叠拢了绿鬓，钩下了柔颈，

路灯也一齐偷了残霞，换了金花；

单剩那喷水池

不怕惊破别家底酣梦，

依然活泼泼地高呼狂笑，独自玩耍。

饭后散步的人们，

好像刚吃饱了蜜的蜂儿一窠，

三三五五的都往

马路上头，板桥栏畔飞着。

嗡……嗡……嗡……听听唱的什么——

　　　是花色底美丑？

　　　是蜜味底厚薄？

　　　是女王底专制？

　　　是东风底残虐？

啊！神秘的黄昏啊！

问你这首玄妙的歌儿，

这辈嚣喧的众生

谁个唱的是你的真义？

时 间 底 教 训

太阳射上床，惊走了梦魂。

昨日底烦恼去了，今日底还没来呢。

啊！这样肥饱的莺声，

稻林里撞挤出来——来到我心房酿蜜，

还同我的，万物底蜜心，

融合作一团快乐——生命底唯一真义。

此刻时间望我尽笑，

我便合掌向他祈祷："赐我无尽期！"

可怕！那笑还是冷笑；

那里？他把眉尖锁起，居然生了气。

"地得！地得！"听那壁上的钟声，

果同快马狂蹄一般地奔腾。

那骑者还仿佛吼着：

"尽可多多创造快乐去填满时间；

那可活活缚着时间来陪着快乐？"

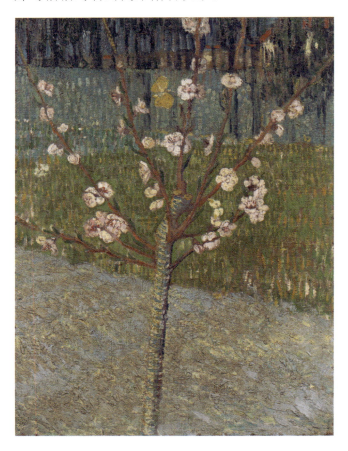

二 月 庐

面对一幅淡山明水的画屏，

在一块棋盘似的稻田边上，

蹲着一座看棋的瓦屋——

紧紧地被捏在小山底拳心里。

柳荫下睡着一口方塘；

聪明的燕子——伊唱歌儿

偏找到这里，好听着水面的

回声，改正音调底错儿。

燕子！可听见昨夜那阵冷雨？

西风底信来了，催你快回去。

今年去了，明年，后年，后年以后，

一年回一度的还是你吗？

啊？你的爆裂得这样音响，

迸出些什么压不平的古愁！

可怜的鸟儿，你诉给谁听？

那知道这个心也碎了哦！

美 与 爱

窗子里吐出娇嫩的灯光——
两行鹅黄染的方块镶在墙上；
一双枣树底影子，像堆大蛇，
横七竖八地睡满了墙下。

啊！那颗大星儿！嫦娥底侣伴！
你无端绊住了我的视线；
我的心鸟立刻停了他的春歌，
因他听了你那无声的天乐。

听着，他竟不觉忘却了自己，
一心只要飞出去找你，
把监牢底铁槛也撞断了；

但是你忽然飞地不见了！

屋角底凄风悠悠叹了一声，
惊醒了懒蛇滚了几滚；
月色白得可怕，许是恼了？
张着大嘴的窗子又像笑了！

可怜的鸟儿，他如今回了，
嗓子哑了，眼睛瞎了，心也灰了；
两翅洒着滴滴的鲜血，——
是爱底代价，美底罪孽！

诗 人

人们说我有些像一颗星儿，

无论怎样光明，只好作月儿底伴，

总不若灯烛那样有用——

还要照着世界作工，不徒是好看。

人们说春风把我吹燃，是火样的薇花，

再吹一口，便变成了一堆死灰；

剩下的叶儿像铁甲，刺儿像蜂针，

谁敢抱进他的赤裸的胸怀？

又有些人比我作一座遥山：

他们但愿远远望见我的颜色，

却不相信那白云深处里，

还别有一个世界——一个天国。

其余的人或说这样，或说那样，

只是说得对的没有一个。

"谢谢朋友们！"我说，"不要管我了，

你们那样忙，那有心思来管我？

你们在忙中觉得热闷时，

风儿吹来，你们无心地喝下了，

也不必问是谁送来的，

自然会觉得他来的正好！"

风 波

我戏将沉檀焚起来祀你，

那知他会烧的这样狂！

他虽散满一世界底异香，

但是你的香吻没有抹尽的

那些渣滓，却化作了云雾

满天，把我的两眼障瞎了；

我看不见你，便放声大哭，

像小孩寻不见他的妈了。

立刻你在我耳旁低声地讲：

（但你的心也雷样地震荡）

"在这里，大惊小怪地闹些什么？

一个好教训哦！"说完了笑着。

爱人！这戏禁不得多演；

让你的笑焰把我的泪晒干！

幻中之邂逅

太阳落了，责任闭了眼睛，
屋里朦胧的黑暗凄酸的寂静，
钩动了一种若有若无的感情，
——快乐和悲哀之间底黄昏。

仿佛一簇白云，濛濛漠漠，
拥着一只素氅朱冠的仙鹤——
在方才淌进的月光里浸着，
那娉婷的模样就是他么？

我们都还没吐出一丝儿声响；
我刚才无心地碰着他的衣裳，
许多的秘密，便同奔川一样，

从这摩触中不歇地冲洄来往。

忽地里我想要问他到底是谁，
抬起头来……月在那里？人在那里？
从此狰狞的黑暗，咆哮的静寂，
便扰得我辗转空床，通夜无睡。

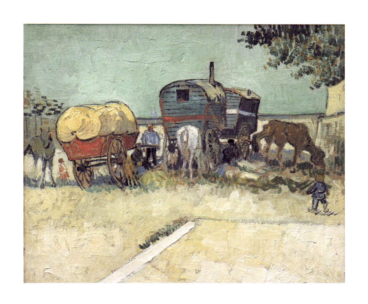

失 败

从前我养了一盆宝贵的花儿，

好容易孕了一个苞子，

但总是半含半吐的不肯放开。

我等发了急，硬把他剥开了，

他便一天萎似一天，萎得不像样了。

如今我要他再关上不能了。

我到底没有看见我要看的花儿！

从前我做了一个稀奇的梦，

我总嫌他有些太模糊了，

我满不介意，让他震破了；

我醒了，直等到月落，等到天明，

重织一个新梦既织不成，

便是那个旧的也补不起来了。

我到底没有做好我要做的梦！

贡 臣

我的王！我从远方来朝你，

带了满船你不认识的，

但是你必中意的贡礼。

我兴高采烈地航到这里来，

那里知道你的心……唉！

还是一个涸了的海港！

我悄悄地等着你的爱潮膨涨，

好浮进我的重载的船艘；

月儿圆了几周，花儿红了几度，

还是老等，等不来你的潮头！

我的王！他们讲潮汐有信，

如今叫我怎样相信他呢？

忘 掉 她

忘掉她，像一朵忘掉的花，——

    那朝霞在花瓣上，

    那花心的一缕香——

忘掉她，像一朵忘掉的花！

忘掉她，像一朵忘掉的花！

    像春风里一出梦，

    像梦里的一声钟，

忘掉她，像一朵忘掉的花！

忘掉她，像一朵忘掉的花！

    听蟋蟀唱得多好，

    看墓草长得多高；

忘掉她，像一朵忘掉的花！

忘掉她，像一朵忘掉的花！
　　她已经忘记了你，
　　她什么都记不起；
忘掉她，像一朵忘掉的花！

忘掉她，像一朵忘掉的花！
　　年华那朋友真好，
　　他明天就教你老；
忘掉她，像一朵忘掉的花！

忘掉她，像一朵忘掉的花！
　　如果是有人要问，
　　就说没有那个人；
忘掉她，像一朵忘掉的花！

忘掉她，像一朵忘掉的花！

　　像春风里一出梦，

　　像梦里的一声钟，

忘掉她，像一朵忘掉的花！

　　反复，是指有意重复同一个词语或句子，以达到深化感情、突出重点、加深读者印象的目的。读一读《忘掉她》这首诗，看看诗人用反复的手法，是为了突出一种什么样的感情？

花儿开过了，
　果子结完了

花儿开过了

花儿开过了，果子结完了；

一春底香雨被一夏底骄阳炙干了，

一夏底荣华被一秋底馋风扫尽了。

如今败叶枯枝，便是你的余剩了。

天寒风紧，冻哑了我的心琴；

我惯唱的颂歌如今竟唱不成。

但是，且莫伤心，我的爱，

琴弦虽不鸣了，音乐依然在。

只要灵魂不灭，记忆不死，纵使

你的荣华永逝（这原是没有的事），

我敢说那已消的春梦底余痕，

还永远是你我的生命底生命！

况且永继的荣华，顿刻的凋落——
两两相形，又算得了些什么？
今冬底假眠，也不过是明春底
更烈的生命所必需的休息。

所以不怕花残，果烂，叶败，枝空，

那缜密的爱底根网总没一刻放松；

他总是绊着，抓着，咬着我的心，

他要抽尽我的生命供给你的生命！

爱啊！上帝不曾因青春底暂退，

就要将这个世界一齐捣毁，

我也不曾因你的花儿暂谢，

就敢失望，想另种一朵来代他！

深夜底泪

生波停了掀簸；

深夜啊！——

沉默的寒潭！

澈虚的古镜！

行人啊！

回转头来，

照照你的颜容罢！

啊！这般憔悴……

轻柔的泪，

温热的泪，

洗得净这仆仆的征尘？

无端地一滴滴流到唇边，

想是要你尝尝他的滋味；

这便是生活底滋味！

枕儿啊！

紧紧地贴着！

请你也尝尝他的滋味。

唉！若不是你，

这腐烂的骷髅，

往那里靠啊！

更鼓啊！

一声声这般急切；

便是生活底战鼓罢？

唉！擂断了心弦，

搅乱了生波……

战也是死，

逃也是死，

降了我不甘心。

生活啊！

你可有个究竟？

啊！宇宙底生命之酒，

都将酌进上帝底金樽。

不幸的浮沤！

怎地偏酌漏了你呢？

太平洋舟中见一明星

鲜艳的明星哪！——

太阴底嫡裔，

月儿同胞的小妹——

你是天仙吐出的玉唾，

溅在天边？

还是鲛人泣出的明珠，

被海涛淘起？

哦！我这被单调的浪声

摇睡了的灵魂，

昏昏睡了这么久，

毕竟被你唤醒了哦，

灿烂的宝灯啊！

我在昏沉的梦中，

你将我唤醒了，

我才知道我已离了故乡，

贬斥在情爱底边徼之外——

飘簸在海涛上的一枚钓饵。

你又唤醒了我的大梦——

梦外包着的一层梦！

生活呀！苍茫的生活呀！

也是波涛险阻的大海哟！

是情人底眼泪底波涛，

是壮士底血液底波涛。

鲜艳的星，光明底结晶啊！

生命之海中底灯塔！

照着我罢！照着我罢！

不要让我碰了礁滩！

不要许我越了航线；

我自要加进我的一勺温泪，

教这泪海更咸；

我自要倾出我的一腔热血，

教这血涛更鲜！

火 柴

这里都是君王底

樱桃艳嘴的小歌童：

有的唱出一颗灿烂的明星，

唱不出的，都拆成两片枯骨。

玄 思

在黄昏底沉默里，

从我这荒凉的脑子里，

常逬出些古怪的思想，

不伦不类的思想；

仿佛从一座古寺前的

尘封雨渍的钟楼里，

飞出一阵猜怯的蝙蝠，

非禽非兽的小怪物。

同野心的蝙蝠一样，

我的思想不肯只爬在地上，

却老在天空里兜圈子，

圆的，扁的，种种的圈子。

我这荒凉的脑子

在黄昏底沉默里，

常迸出些古怪的思想，

仿佛同些蝙蝠一样。

寄 怀 实 秋

泪绳捆住的红烛

已被海风吹熄了；

跟着有一缕犹疑的轻烟，

左顾右盼，

不知往那里去好。

啊！解体的灵魂哟！

失路底悲哀哟！

在黑暗底严城里，

恐怖方施行他的高压政策：

诗人底尸肉在那里仓皇着，

仿佛一只丧家之犬呢。

莲蕊间酣睡着的恋人啊！

不要灭了你的纱灯：

几时珠箔银绦飘着过来，

可要借给我点燃我的残烛，

好在这阴城里面，

为我照出一条道路。

烛又点燃了，

那时我便作个自然的流萤，

在深更底风露里，

还可以逍遥流荡着，

直到黎明！

莲蕊间酣睡着的骚人啊！

小心那成群打围的飞蛾，

不要灭了你的纱灯哦！

晴 朝

一个迟笨的晴朝，
比年还现长得多，
像条懒洋洋的冻蛇，
从我的窗前爬过。

一阵淡青的烟云
偷着跨进了街心……
对面的一带朱楼
忽都被他咒入梦境。

栗色汽车像匹骄马
休息在老绿荫中，
瞅着他自身的黑影，

连动也不动一动。

傲霜的老健的榆树
伸出一只粗胳膊，
拿在窗前底日光里，
翻金弄绿，不奈乐何。

除外了一个黑人
薙草，刮刮地响声渐远，
再没有一息声音——
和平布满了大自然，

和平蜷伏在人人心里；
但是在我的心内
若果也有和平底形迹，
那是一种和平底悲哀。

地球平稳地转着，

一切的都向朝日微笑；

我也不是不会笑，

泪珠儿却先滚出来了。

皎皎的白日啊！

将照遍了朱楼底四面；

永远照不进的是——

游子底漆黑的心窝坎：

一个厌病的晴朝，

比年还过得慢，

像条负创的伤蛇，

爬过了我的窗前。

记 忆

记忆渍起苦恼的黑泪，

在生活底纸上写满蝇头细字；

生活底纸可以撕成碎片，

记忆底笔迹永无磨灭之时。

啊！友谊底悲剧，希望底挽歌，

情热底战史，罪恶底供状——

啊！不堪卒读底文词哦！

是记忆底亲手笔，悲哀的旧文章！

请弃绝了我罢，拯救了我罢！
智慧哟！钩引记忆底奸细！
若求忘却那悲哀的文章，
除非要你赦脱了你我的关系！

太 阳 吟

太阳啊，刺得我心痛的太阳！

又逼走了游子底一出还乡梦，

又加他十二个时辰底九曲回肠！

太阳啊，火一样烧着的太阳！

烘干了小草尖头底露水，

可烘得干游子底冷泪盈眶？

太阳啊，六龙骖驾的太阳！

省得我受这一天天底缓刑，

就把五年当一天跪完那又何妨？

太阳啊——神速的金鸟——太阳！

让我骑着你每日绕行地球一周，

也便能天天望见一次家乡！

太阳啊，楼角新升的太阳！

不是刚从我们东方来的吗？

我的家乡此刻可都依然无恙？

太阳啊，我家乡来的太阳！

北京城里底官柳裹上一身秋了罢？

唉！我也憔悴的同深秋一样！

太阳啊，奔波不息的太阳！

你也好像无家可归似的呢。

啊！你我的身世一样地不堪设想！

太阳啊，自强不息的太阳！

大宇宙许就是你的家乡罢。

可能指示我我底家乡底方向？

太阳啊，这不像我的山川，太阳！

这里的风云另带一般颜色，

这里鸟儿唱的调子格外凄凉。

太阳啊，生活之火底太阳！

但是谁不知你是球东半底情热，

同时又是球西半底智光？

太阳啊，也是我家乡底太阳！

此刻我回不了我往日的家乡，

便认你为家乡也还得失相偿。

太阳啊，慈光普照的太阳！

往后我看见你时，就当回家一次；

我的家乡不在地下乃在天上！

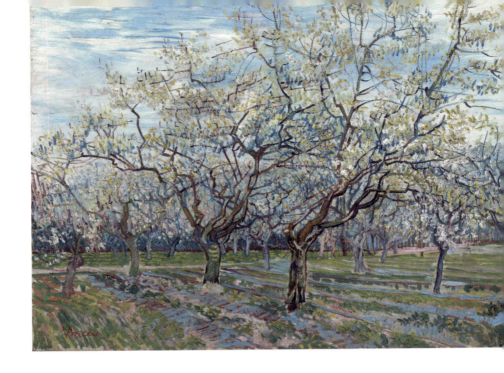

忆 菊

重阳前一日作

插在长颈的虾青瓷的瓶里，

六方的水晶瓶里的菊花，

钻在紫藤仙姑篮里的菊花；

守着酒壶的菊花，

陪着螯盏的菊花；

未放，将放，半放，盛放的菊花。

镶着金边的绛色的鸡爪菊；

粉红色的碎瓣的绣球菊！

懒惏惏的江西腊哟；

倒挂着一饼蜂窠似的黄心，

仿佛是朵紫的向日葵呢。

长瓣抱心，密瓣平顶的菊花；

柔艳的尖瓣钻蕊的白菊

如同美人底拳着的手爪，

拳心里攥着一撮儿金粟。

檐前，阶下，篱畔，圃心底菊花：

霭霭的淡烟笼着的菊花，

丝丝的疏雨洗着的菊花，——

金底黄，玉底白，春酿底绿，秋山底紫，

……

剪秋萝似的小红菊花儿；

从鹅绒到古铜色的黄菊；

带紫茎的微绿色的"真菊"

是些小小的玉管儿缀成的，

为的是好让小花神儿

夜里偷去当了笙儿吹着。

大似牡丹的菊王到底奢豪些，

他的枣红色的瓣儿，铠甲似的，

张张都装上银白的里子了；

星星似的小菊花蕾儿

还拥着褐色的萼被睡着觉呢。

啊！自然美底总收成啊！

我们祖国之秋底杰作啊！

啊！东方底花，骚人逸士底花呀！

那东方底诗魂陶元亮

不是你的灵魂底化身罢？

那祖国底登高饮酒的重九

不又是你诞生底吉辰吗？

你不像这里的热欲的蔷薇，

那微贱的紫萝兰更比不上你。

你是有历史，有风俗的花。

啊！四千年的华胄底名花呀！

你有高超的历史，你有逸雅的风俗！

啊！诗人底花呀！我想起你，

我的心也开成顷刻之花，

灿烂的如同你的一样；

我想起你同我的家乡，

我们的庄严灿烂的祖国，

我的希望之花又开得同你一样。

习习的秋风啊！吹着，吹着！

我要赞美我祖国底花！

我要赞美我如花的祖国！

请将我的字吹成一簇鲜花，

金底黄，玉底白，春酿底绿，秋山底紫，

……

然后又统统吹散，吹得落英缤纷，

弥漫了高天，铺遍了大地！

秋风啊！习习的秋风啊！

我要赞美我祖国底花！

我要赞美我如花的祖国！

秋 之 末 日

和西风酗了一夜的酒，

醉得颠头跌脑，

洒了金子扯了锦绣，

还呼呼地吼个不休。

奢豪的秋，自然底浪子哦！

春夏辛苦了半年，

能有多少的积蓄，

来供你这般地挥霍呢？

如今该要破产了罢！

废 园

一只落魄的蜜蜂，

像个沿门托钵的病僧，

游到被秋雨踢倒了的

一堆烂纸似的鸡冠花上，

闻了一闻，马上飞走了。

啊！零落底悲哀哟！

是蜂底悲哀？是花底悲哀？

小 溪

铅灰色的树影，
是一长篇噩梦，
横压在昏睡着的
小溪底胸膛上。
小溪挣扎着，挣扎着……
似乎毫无一点影响。

烂 果

我的肉早被黑虫子咬烂了。

我睡在冷辣的青苔上，

索性让烂的越加烂了，

只等烂穿了我的核甲，

烂破了我的监牢，

我的幽闭的灵魂

便穿着豆绿的背心，

笑迷迷地要跳出来了！

色 彩

生命是张没价值的白纸，

自从绿给了我发展，

红给了我情热，

黄教我以忠义，

蓝教我以高洁，

粉红赐我以希望，

灰白赠我以悲哀；

再完成这帧彩图，

黑还要加我以死。

从此以后，

我便溺爱于我的生命，

因为我爱他的色彩。

抱 怨

我拈起笔来在手中玩弄，
空中便飞来了一排韵脚；
我不知如何的摆布他们，
只希望能写出一些快乐。
我听见你在窗前咳嗽，
不由的写成了一首悲歌。
上帝将要写我的生传；
展开了我的生命之纸，
不知要写些什么东西，
许是灾殃，也许是喜事。
你硬要加入你的姓名，
他便写成了一篇痛史。

鸟 语

——送友人南归

他们把我关在囚笼里，

可是这囚笼没有墙壁：——

削瘦的栏杆围在四旁，

一根根都像白骨一样。

这些栏杆中间的隙缝，

不知道到底有什么用：

为他们看我的羽翰，

还是让我好望见青天？

也许是仙鹤似的白云

驶过了蓝宝石的天心；

也许是白云似的仙鹤

从赤日的轮盘边儿晃过。

天上既有飞动的东西，

我怎当辜负我的羽翼？

你看我也打破了监牢；

我原是一只能飞的鸟！

于今回到了我的家乡，

我也该晾晾我的翅膀，……

吓！这根柳条真个轻软，

这满塘春水明镜一般。

江南的山林幽深得很，

山上的白云分外氤氲；

明朝你听见歌声如锤，

你怎知道我身在何处！

你 指 着 太 阳 起 誓

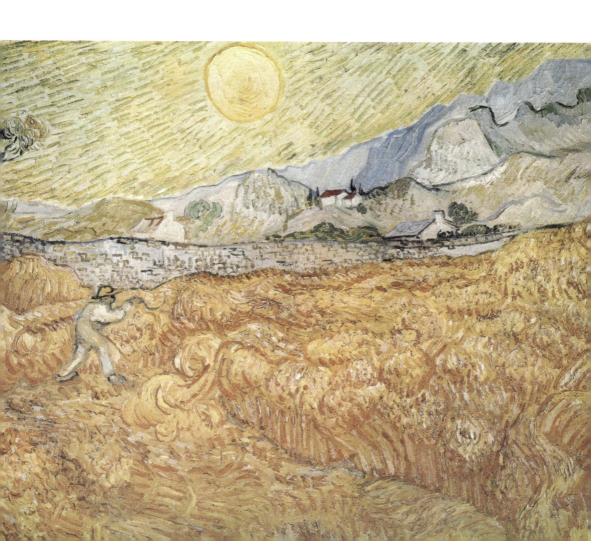

红 烛

蜡炬成灰泪始干

——李商隐

红烛啊！

这样红的烛！

诗人啊！

吐出你的心来比比，

可是一般颜色？

红烛啊！

是谁制的蜡——给你躯体？

是谁点的火——点着灵魂？

为何更须烧蜡成灰，

然后才放光出？

一误再误；

矛盾！冲突！

红烛啊！

不误，不误！

原是要"烧"出你的光来——

这正是自然底方法。

红烛啊！

既制了，便烧着！

烧罢！烧罢！

烧破世人底梦，

烧沸世人底血——

也救出他们的灵魂，

也捣破他们的监狱！

红烛啊！

你心火发光之期，

正是泪流开始之日。

红烛啊！

匠人造了你，

原是为烧的。

既已烧着，

又何苦伤心流泪？

哦！我知道了！

是残风来侵你的光芒，

你烧得不稳时，

才着急得流泪！

红烛啊！

流罢！你怎能不流呢？

请将你的脂膏，

不息地流向人间，

培出慰藉底花儿，

结成快乐底果子！

红烛啊！

你流一滴泪，灰一分心。

灰心流泪你的果，

创造光明你的因。

红烛啊！

"莫问收获，但问耕耘。"

大 暑

今天是大暑节，我要回家了！
今天的日历他劝我回家了。

　　他说家乡的大暑节

　　是斑鸠唤雨的时候，

大暑到了，湖上飘满紫鸡头。
大暑正是我回家的时候。

我要回家了，今天是大暑；
我园里的丝瓜爬上了树，

　　几多银丝的小葫芦，

　　吊在藤须上巍巍颤，

初结实的黄瓜儿小得像橄榄，……
呵！今年不回家，更待哪一年？

今天是大暑，我要回家了！

燕儿坐在桥梁上讲话了；

　　斜头赤脚的村家女，

　　门前叫道卖莲蓬；

青蛙闹在画堂西，闹在画堂东，……

今天不回家辜负了稻香风。

今天是大暑，我要回家去！

家乡的黄昏里尽是盐老鼠 *，

　　月下乘凉听打稻，

　　卧看星斗坐吹箫；

鹭鹚偷着踏上海船来睡觉，

我也要回家了，我要回家了！

————————————

* "盐老鼠"指蝙蝠。

爱 国 的 心

我心头有一幅旌旆，
没有风时自然摇摆；
我这幅抖颤的心旌，
上面有五样的色彩。

这心腹里海棠叶形，
是中华版图底缩本；
谁能偷去伊的版图？
谁能偷得去我的心？

故 乡

先生，先生，你到底要上哪里去？
你这样的匆忙，你可有什么事？

我要看还有没有我的家乡在；
我要走了，我要回到望天湖边去。
我要访问如今那里还有没有
白波翻在湖中心，绿波翻在秧田里，
有没有麻雀在水竹枝头耍武艺？

先生，先生，世界是这样的新奇，
你不在这里遨游，偏要哪里去？

我要探访我的家乡，我有我的心事；

我要看孵卵的秧鸡可在秧林里，

泥上可还有鸽子的脚儿印"个"字，

神山上的白云一分钟里变几次，

可还有燕儿飞到人家堂上来报喜。

先生，先生，我劝你不要回家去；

世间只有远游的生活是自由的。

游子的心是风霜剥蚀的残碑，

碑上已经漶漫了家乡的字迹，

哦，我要回家去，我要赶紧回家去，

我要听门外的水车终日作鼋鸣，

再将家乡的音乐收入心房里。

先生，先生，你为什么要回家去？

世上有的是荣华，有的是智慧。

你不知道故乡有一个可爱的湖，

常年总有半边青天浸在湖水里，

湖岸上有兔儿在黄昏里觅粮食，

还有见了兔儿不要追的狗子，

我要看如今还有没有这种事。

先生，先生，我越加不能懂你了，

你到底，到底为什么要回家去？

我要看家乡的菱角还长几根刺，

我要看那里一根藕里还有几根丝，

我要看家乡还认识不认识我，

我要看坟山上添了几块新碑石，

我家后园里可还有开花的竹子。

七子之歌

　　邶有七子之母不安其室。七子自怨自艾，冀以回其母心。诗人作《凯风》以愍之。吾国自尼布楚条约迄旅大之租让，先后丧失之土地，失养于祖国，受虐于异类，臆其悲哀之情，盖有甚于《凯风》之七子。因择其与中华关系最亲切者七地，为作歌各一章，以抒其孤苦亡告，眷怀祖国之哀忱，亦以励国人之奋兴云尔。国疆崩丧，积日既久，国人视之漠然。不见夫法兰西之Alsace-Lorraine耶？"精诚所至，金石能开。"诚如斯，中华"七子"之归来其在旦夕乎！

澳门

你可知"妈港"不是我的真名姓？……

我离开你的襁褓太久了，母亲！

但是他们掳去的是我的肉体，

你依然保管着我内心的灵魂。

三百年来梦寐不忘的生母啊！

请叫儿的乳名，叫我一声"澳门"！

　　　母亲！我要回来，母亲！

香港

我好比凤阙阶前守夜的黄豹，

母亲呀，我身份虽微，地位险要。

如今狞恶的海狮扑在我身上，

啖着我的骨肉，咽着我的脂膏；

母亲呀！我哭泣号啕，呼你不应。

母亲呀！快让我躲入你的怀抱！

　　　母亲！我要回来，母亲！

台湾

我们是东海捧出的珍珠一串，

琉球是我的群弟，我就是台湾。

我胸中还氤氲着郑氏的英魂，

精忠的赤血点染了我的家传。

母亲，酷炎的夏日要晒死我了；

赐我个号令，我还能背城一战。

　　　母亲！我要回来，母亲！

威海卫

再让我看守着中华最古的海，

这边岸上原有圣人的丘陵在。

母亲，莫忘了我是防海的健将，

我有一座刘公岛作我的盾牌。

快救我回来呀！时期已经到了。

我背后葬的尽是圣人的遗骸！

　　　母亲！我要回来，母亲！

广州湾

东海和硇洲是我的一双管钥，

我是神州后门上的一把铁锁。

你为什么把我借给一个盗贼？

母亲呀，你千万不该抛弃了我！

母亲，让我快回到你的膝前来，

我要紧紧的拥抱着你的脚踝。

　　母亲！我要回来，母亲！

九龙

我的胞兄香港在诉他的苦痛，

母亲呀，可记得你的幼女九龙？

自从我下嫁给那镇海的魔王，

我何曾有一天不在泪涛汹涌！

母亲，我天天数着归宁的吉日，

我只怕希望要变作一场空梦。

　　母亲！我要回来，母亲！

旅顺，大连

我们是旅顺，大连，孪生的兄弟。

我们的命运应该如何的比拟？——

两个强邻将我们来回的蹴踏，

我们是暴徒脚下的两团烂泥。

母亲，归期到了，快领我们回来。

你不知道儿们如何的想念你！

　　母亲！我们要回来，母亲！

秦 始 皇 帝

荆轲的匕首，张良的大铁椎，

是两只苍蝇从我眼前飞过。

我肋骨槛里囚着一只黑狼，

这一只黑狼他终于杀了我。

我吞噬了六国来喂这黑狼，

黑狼喂肥了，反来吞噬了我；

我筑起阿房来让黑狼游戏，

他游倦了，我们一齐都睡着。

如今什么也惊不醒我们了，

钜鹿的干戈和咸阳城的火……

多情的刺猬抱着我的骷髅，

十丈来的青蛇缠着我的脚。

口 供

我不骗你，我不是什么诗人，

纵然我爱的是白石的坚贞，

青松和大海，鸦背驮着夕阳，

黄昏里织满了蝙蝠的翅膀。

你知道我爱英雄，还爱高山，

我爱一幅国旗在风中招展，

自从鹅黄到古铜色的菊花。

记着我的粮食是一壶苦茶！

可是还有一个我，你怕不怕？——

苍蝇似的思想，垃圾桶里爬。

"你指着太阳起誓"

你指着太阳起誓，叫天边的凫雁

说你的忠贞。好了，我完全相信你，

甚至热情开出泪花，我也不诧异。

只是你要说什么海枯，什么石烂……

那便笑得死我。这一口气的工夫

还不够我陶醉的？还说什么"永久"？

爱，你知道我只有一口气的贪图，

快来箍紧我的心，快！啊，你走，你走……

我早算就了你那一手——也不是变卦——

"永久"早许给了别人，秕糠是我的份，

别人得的才是你的菁华——不坏的千春。

你不信？假如一天死神拿出你的花押，

你走不走？去去！去恋着他的怀抱，

跟他去讲那海枯石烂不变的贞操！

死 水

这是一沟绝望的死水，

清风吹不起半点漪沦。

不如多扔些破铜烂铁，

爽性泼你的剩菜残羹。

也许铜的要绿成翡翠，

铁罐上锈出几瓣桃花；

再让油腻织一层罗绮，

霉菌给他蒸出些云霞。

让死水酵成一沟绿酒，

飘满了珍珠似的白沫；

小珠笑一声变成大珠，

又被偷酒的花蚊咬破。

那么一沟绝望的死水，
也就夸得上几分鲜明。
如果青蛙耐不住寂寞，
又算死水叫出了歌声。

这是一沟绝望的死水，
这里断不是美的所在，
不如让给丑恶来开垦，
看他造出个什么世界。

春光

静得像入定了的一般，那天竹，

那天竹上密叶遮不住的珊瑚；

那碧桃；在朝暾里运气的麻雀。

春光从一张张的绿叶上爬过。

蓦地一道阳光晃过我的眼前，

我眼睛里飞出了万只的金箭，

我耳边又谣传着翅膀的摩声，

仿佛有一群天使在空中逡巡……

忽地深巷里迸出了一声清籁：

"可怜可怜我这瞎子，老爷太太！"

我 要 回 来

我要回来，
乘你的拳头像兰花未放，
乘你的柔发和柔丝一样，
乘你的眼睛里燃着灵光，
我要回来。

我没回来，
乘你的脚步像风中荡桨，
乘你的心灵像痴蝇打窗，
乘你笑声里有银的铃铛，
我没回来。

我该回来，

乘你的眼睛里一阵昏迷，

乘一口阴风把残灯吹熄，

乘一只冷手来掇走了你，

   我该回来。

   我回来了，

乘流萤打着灯笼照着你，

乘你的耳边悲啼着莎鸡，

乘你睡着了，含一口沙泥，

   我回来了。

夜 歌

癞虾蟆抽了一个寒噤，
黄土堆里攒出个妇人，
妇人身旁找不出阴影，
月色却是如此的分明。

黄土堆里攒出个妇人，
黄土堆上并没有裂痕，
也不曾惊动一条蚯蚓，
或绷断蛸蟒一根网绳。

月光底下坐着个妇人，
妇人的容貌好似青春，
猩红衫子血样的狰狞，

鬅松的散发披了一身。

妇人在号啕，捶着胸心，

癞虾蟆只是打着寒噤，

远村的荒鸡哇的一声，

黄土堆上不见了妇人。

"太阳"这一意象，在这本书中出现了多次。请你找出这些"太阳"，说说它们各自蕴含的不同意味。

静 夜

这灯光，这灯光漂白了的四壁；

这贤良的桌椅，朋友似的亲密；

这古书的纸香一阵阵的袭来；

要好的茶杯贞女一般的洁白；

受哺的小儿喽呷在母亲怀里，

鼾声报道我大儿康健的消息……

这神秘的静夜，这浑圆的和平，

我喉咙里颤动着感谢的歌声。

但是歌声马上又变成了诅咒，

静夜！我不能，不能受你的贿赂。

谁希罕你这墙内尺方的和平！

我的世界还有更辽阔的边境。

这四墙既隔不断战争的喧嚣，

你有什么方法禁止我的心跳？

最好是让这口里塞满了沙泥，

如其它只会唱着个人的休戚！

最好是让这头颅给田鼠掘洞，

让这一团血肉也去喂着尸虫，

如果只是为了一杯酒，一本诗，

静夜里钟摆摇来的一片闲适，

就听不见了你们四邻的呻吟，

看不见寡妇孤儿抖颤的身影，

战壕里的痉挛，疯人咬着病榻，

和各种惨剧在生活的磨子下。

幸福！我如今不能受你的私贿，

我的世界不在这尺方的墙内。

听！又是一阵炮声，死神在咆哮。

静夜！你如何能禁止我的心跳？

发 现

我来了，我喊一声，迸着血泪，

"这不是我的中华，不对，不对！"

我来了，因为我听见你叫我；

鞭着时间的罡风，擎一把火，

我来了，不知道是一场空喜。

我会见的是噩梦，那里是你？

那是恐怖，是噩梦挂着悬崖，

那不是你，那不是我的心爱！

我追问青天，逼迫八面的风，

我问，拳头擂着大地的赤胸，

总问不出消息；我哭着叫你，

呕出一颗心来你在我心里！

祈 祷

请告诉我谁是中国人，
启示我，如何把记忆抱紧；
请告诉我这民族的伟大，
轻轻的告诉我，不要喧哗！

请告诉我谁是中国人，
谁的心里有尧舜的心，
谁的血是荆轲聂政的血，
谁是神农黄帝的遗孽。

告诉我那智慧来得离奇，
说是河马献来的馈礼；
还告诉我这歌声的节奏，

原是九苞凤凰的传授。

谁告诉我戈壁的沉默，

和五岳的庄严？又告诉我

泰山的石溜还滴着忍耐，

大江黄河又流着和谐？

再告诉我，那一滴清泪

是孔子吊唁死麟的伤悲？

那狂笑也得告诉我才好，——

庄周，淳于髡，东方朔的笑。

请告诉我谁是中国人，

启示我，如何把记忆抱紧；

请告诉我这民族的伟大，

轻轻的告诉我，不要喧哗！

一 句 话

有一句话说出就是祸，

有一句话能点得着火。

别看五千年没有说破，

你猜得透火山的缄默？

说不定是突然着了魔，

突然青天里一个霹雳

　　　　爆一声：

　　　"咱们的中国！"

这话教我今天怎么说？

你不信铁树开花也可，

那么有一句话你听着。

等火山忍不住了缄默，

不要发抖，伸舌头，顿脚，

等到青天里一个霹雳

　　爆一声：

　　"咱们的中国！"

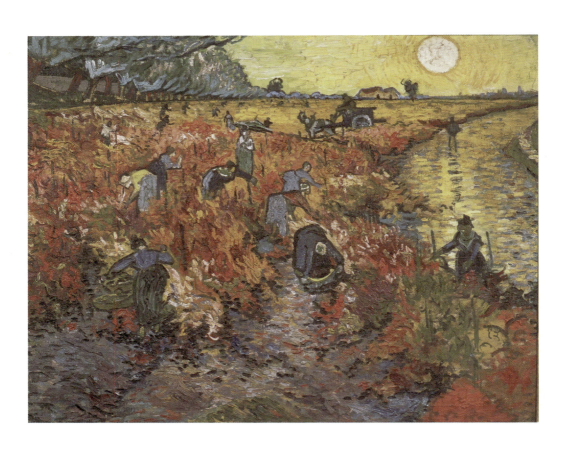

荒 村

　　……临淮关梁园镇间一百八十里之距离，已完全断绝人烟。汽车道两旁之村庄，所有居民，逃避一空。农民之家具木器，均以绳相连，沉于附近水塘稻田中，以避火焚。门窗俱无，中以棺材或石堵塞。一至夜间，则灯火全无。鸡犬豕等觅食野间，亦无人看守。而间有玫瑰芍药犹墙隅自开。新出稻秧，翠蔼宜人。草木无知，其斯之谓欤？

——民国十六年五月十九日《新闻报》

他们都上那里去了？怎么

虾蟆蹲在甑上，水瓢里开白莲；

桌椅板凳在田里堰里飘着；

蜘蛛的绳桥从东屋往西屋牵？

门框里嵌棺材，窗棂里镶石块！

这景象是多么古怪多么惨！

镰刀让它锈着快锈成了泥，

抛着整个的鱼网在灰堆里烂。

天呀！这样的村庄都留不住他们！

玫瑰开不完，荷叶长成了伞；

秧针这样尖，湖水这样绿，

天这样青，鸟声像露珠样圆。

这秧是怎样绿的，花儿谁叫红的？

这泥里和着谁的血，谁的汗？

去得这样的坚决，这样的脱洒，

可有什么苦衷，许了什么心愿？

如今可有人告诉他们：这里

猪在大路上游，鸭往猪群里攒，

雄鸡踏翻了芍药，牛吃了菜——

告诉他们太阳落了，牛羊不下山，

一个个的黑影在岗上等着，

四合的峦嶂龙蛇虎豹一般，

它们望一望，打了一个寒噤，

大家低下头来，再也不敢看；

（这也得告诉他们）它们想起往常

暮寒深了，白杨在风里颤，

那时只要站在山头嚷一句，

山路太险了，还有主人来搀；

然后笛声送它们踏进栏门里，

那稻草多么香，屋子多么暖！

它们想到这里，滚下了一滴热泪，

大家挤作一堆，脸偎着脸……

去！去告诉它们主人，告诉他们，

什么都告诉他们，什么也不要瞒！

叫他们回来！叫他们回来！

问他们怎么自己的牲口都不管？

他们不知道牲口是和小儿一样吗？

可怜的畜生它们多么没有胆！

喂！你报信的人也上那里去了？

快去告诉他们——告诉王家老三，

告诉周大和他们兄弟八个，

告诉临淮关一带的庄稼汉，

还告诉那红脸的铁匠老李，

告诉独眼龙，告诉徐半仙，

告诉黄大娘和满村庄的妇女——

告诉他们这许多的事，一件一件。

叫他们回来，叫他们回来！

这景象是多么古怪多么惨！

天呀！这样的村庄留不住他们；

这样一个桃源，瞧不见人烟！

罪 过

老头儿和担子摔一跤，

满地是白杏儿红樱桃。

老头儿爬起来直哆嗦，

　"我知道我今日的罪过！"

　"手破了，老头儿你瞧瞧。"

　"唉！都给压碎了，好樱桃！"

　"老头儿你别是病了罢？

你怎么直楞着不说话？"

　"我知道我今日的罪过，

一早起我儿子直催我。

我儿子躺在床上发狠，

他骂我怎么还不出城。

"我知道今日个不早了，

没想到一下子睡着了。

这叫我怎么办，怎么办？

回头一家人怎么吃饭？"

老头儿拾起来又掉了，

满地是白杏儿红樱桃。

洗衣歌

洗衣是美国华侨最普遍的职业。因此留学生常常被人问道"你的爸爸是洗衣裳的吗？"许多人忍受不了这侮辱。然而洗衣的职业确乎含着一点神秘的意义。至少我曾经这样的想过。作洗衣歌。

（一件，两件，三件，）

洗衣要洗干净！

（四件，五件，六件，）

熨衣要熨得平！

我洗得净悲哀的湿手帕，

我洗得白罪恶的黑汗衣，

贪心的油腻和欲火的灰，……

你们家里一切的脏东西，

交给我洗，交给我洗。

铜是那样臭，血是那样腥，

脏了的东西你不能不洗，

洗过了的东西还是得脏，

你忍耐的人们理它不理？

替他们洗！替他们洗！

你说洗衣的买卖太下贱，

肯下贱的只有唐人不成？

你们的牧师他告诉我说：

耶稣的爸爸做木匠出身，

你信不信？你信不信？

胰子白水耍不出花头来，

洗衣裳原比不上造兵舰。

我也说这有什么大出息——

流一身血汗洗别人的汗？

　你们肯干？你们肯干？

年去年来一滴思乡的泪，

半夜三更一盏洗衣的灯……

下贱不下贱你们不要管，

看那里不干净那里不平，

问支那人，问支那人。

我洗得净悲哀的湿手帕，

我洗得白罪恶的黑汗衣，

贪心的油腻和欲火的灰，

你们家里一切的脏东西，

交给我洗，交给我洗，

（一件，两件，三件，）

洗衣要洗干净！

（四件，五件，六件，）

熨衣要熨得平！

闻一多先生的书桌

忽然一切的静物都讲话了，

　　忽然间书桌上怨声腾沸：

黑盒呻吟道“我渴得要死！”

　　字典喊雨水渍湿了他的背；

信笺忙叫道弯痛了他的腰；

　　钢笔说烟灰闭塞了他的嘴，

毛笔讲火柴烧秃了他的须，

　　铅笔抱怨牙刷压了他的腿；

香炉咕喽着“这些野蛮的书

　　早晚定规要把你挤倒了！”

大钢表叹息快睡锈了骨头；

"风来了！风来了！"稿纸都叫了；

笔洗说他分明是盛水的，

　　怎么吃得惯臭辣的雪茄灰；

桌子怨一年洗不上两回澡，

　　墨水壶说"我两天给你洗一回。"

"什么主人？谁是我们的主人？"

　　一切的静物都同声骂道，

"生活若果是这般的狼狈，

　　倒还不如没有生活的好！"

主人咬着烟斗迷迷的笑，

　　"一切的众生应该各安其位。

我何曾有意的糟蹋你们，

　　秩序不在我的能力之内。"

"成长读书课"分级阅读书目

一年级上

| 林焕彰 | 《不睡觉的小雨点》 |
| 〔苏〕阿·托尔斯泰 | 《拔萝卜》 |

一年级下

| 冰心、金波等 | 《和大人一起读诗》 |
| 林颂英 | 《小壁虎借尾巴》 |

二年级上

严文井	《"歪脑袋"木头桩》
陈伯吹	《一只想飞的猫》
孙幼军	《小狗的小房子》
金近	《小鲤鱼跳龙门》
〔德〕埃·奥·卜劳恩	《父与子》
张秋生	《妈妈睡了》
知音动漫	《曹冲称象》
陈模	《少年英雄王二小》

二年级下

张天翼	《大林和小林》
洪汛涛	《神笔马良》
〔苏〕瓦·卡达耶夫等	《七色花》
〔印〕泰戈尔	《愿望的实现》
冰波	《大象的耳朵》
冰波	《蓝鲸的眼睛》
金波	《古古丢先生的遭遇》

三年级上

吴然	《抢春水 珍珠泉》
〔德〕格林兄弟	《格林童话》
〔丹麦〕安徒生	《安徒生童话》
汤素兰	《开满蒲公英的地方》
张秋生	《小巴掌童话》
王一梅	《书本里的蚂蚁》
叶圣陶	《稻草人》
冰心	《寄小读者》
〔日〕新美南吉	《去年的树》
〔俄〕米·普里什文	《金色的草地》

郭风	《搭船的鸟》
辛勤	《一块奶酪》

三年级下

〔法〕拉封丹	《拉封丹寓言》
周锐	《慢性子裁缝和急性子顾客》
知音动漫	《中国古代寓言》
施雁冰	《方帽子店》

四年级上

郑振铎	《希腊神话与英雄传说》
葛翠琳	《野葡萄·山林童话》
〔俄〕屠格涅夫	《麻雀》
叶至善	《一只窝囊的大老虎·失踪的哥哥》
杨云	《中国神话传说》
方韬	《山海经》

四年级下

张天翼	《宝葫芦的秘密》
贾兰坡	《爷爷的爷爷哪里来》
高士其	《高士其科普童话故事》
〔苏〕伊林	《十万个为什么》
李四光	《穿过地平线》
巴金	《海上日出·鸟的天堂》
茅盾	《天窗》

五年级上

〔法〕季诺夫人	《列那狐的故事》
郭沫若	《白鹭·天上的街市》
黄蓓佳	《亲亲我的妈妈》
黄蓓佳	《你是我的宝贝》
许地山	《落花生·空山灵雨》
梁启超	《少年中国说》
黄晖	《非洲民间故事》
叶圣陶	《牛郎织女》
李唯中	《一千零一夜》
杨云	《中国民间故事》

	黄晖	《欧洲民间故事》
	闻一多	《七子之歌》
五年级下	赵丽宏	《童年的河》
	萧红	《呼兰河传》
六年级上	王愿坚	《灯光·小游击队员》
	李心田	《闪闪的红星》
	管桦	《小英雄雨来》
	老舍	《草原·北京的春节》
	鲁迅	《呐喊》
	鲁迅	《野草》
	范锡林	《竹节人》
	〔意〕亚米契斯	《小抄写员·爱的教育》
	〔苏〕高尔基	《童年》
六年级下	黄蓓佳	《今天我是升旗手》
	黄蓓佳	《我要做好孩子》
	朱自清	《匆匆》
	〔英〕丹尼尔·笛福	《鲁滨逊漂流记》
	〔瑞典〕塞尔玛·拉格洛夫	《尼尔斯骑鹅旅行记》
	〔英〕刘易斯·卡罗尔	《爱丽丝漫游奇境》
七年级上	鲁迅	《朝花夕拾》
	林海音	《城南旧事》
	冰心	《繁星·春水》
	〔美〕海伦·凯勒	《假如给我三天光明》
	沈从文	《湘行散记 新湘行记》
	孙犁	《白洋淀纪事》
	〔俄〕屠格涅夫	《猎人笔记》
七年级下	〔奥地利〕茨威格	《人类群星闪耀时》
	茅盾	《林家铺子·白杨礼赞》

老舍		《骆驼祥子·猫》
宗璞		《紫藤萝瀑布》
〔法〕儒勒·凡尔纳		《海底两万里》
〔清〕李汝珍		《镜花缘》

八年级上

朱自清	《荷塘月色·背影》
〔法〕玛丽·居里	《居里夫人自传》
〔法〕亨利·法布尔	《昆虫记》
〔美〕蕾切尔·卡森	《寂静的春天》
李鸣生	《飞向太空港》

八年级下

〔法〕罗曼·罗兰	《名人传》
朱光潜	《给青年的十二封信》
鲁迅	《故乡：鲁迅小说杂文精选》
〔苏〕奥斯特洛夫斯基	《钢铁是怎样炼成的》
〔美〕奥尔多·利奥波德	《沙乡年鉴》
傅雷	《傅雷家书》
朱自清	《经典常谈》

九年级上

艾青	《艾青诗精选：黎明的通知》
徐志摩、海子等	《希望·一代人：现当代新诗选》
李大钊 等	《革命烈士诗抄》
〔印〕泰戈尔	《泰戈尔诗选》
〔清〕蘅塘退士	《唐诗三百首》
南朝宋 刘义庆	《世说新语》
〔清〕蒲松龄	《聊斋志异》

九年级下

丁立梅	《小扇轻摇的时光 丁立梅纯美青春散文》
〔英〕乔纳森·斯威夫特	《格列佛游记》
〔俄〕契诃夫	《契诃夫短篇小说选》